RENÉE VIVIEN

Flambeaux éteints

POÈMES

PARIS
BIBLIOTHÈQUE INTERNATIONALE D'ÉDITION
E. SANSOT & Cie
7, RUE DE L'ÉPERON, 7

MCMVII

FLAMBEAUX ÉTEINTS

RENÉE VIVIEN

Flambeaux éteints

POÈMES

LABO
RE
MVS

PARIS
BIBLIOTHÈQUE INTERNATIONALE D'ÉDITION
E. SANSOT & Cie
7, RUE DE L'ÉPERON, 7

MCMVII

IL A ÉTÉ TIRÉ DE CET OUVRAGE :

CINQUANTE EXEMPLAIRES SUR VIEUX JAPON

NUMÉROTÉS DE 1 A 50

N°

À MON AMIE

H.-L.-C.-B.

TORCHES ÉTEINTES

TORCHES ÉTEINTES

L'AURORE a traversé la salle du festin
Traînant ses voiles gris parmi les roses mortes...
Un souffle insidieux glisse à travers les portes...
A pas lourds, à pas lents, tel un spectre hautain
L'aurore a traversé la salle du festin.

Un rayon est tombé sur les torches éteintes
Qui rougissaient les seins orgiaques, les bras
Désordonnés, les fleurs qui charmaient le repas,
Les lys meurtris et les sanglantes hyacinthes...
Un rayon est tombé sur les torches éteintes...

Voici la place où ton corps chaud s'est détendu,
Le coussin frais où s'est roulé ta chaude tête,
Le luth, qui souligna l'éloquente requête,
Le ciel peint, reflété dans ton regard perdu...
Voici la place où ton corps chaud s'est détendu...

Tes ongles ont meurtri ma chair, parmi les soies,
Et j'en porte la trace orgueilleuse... Tes fards
S'envolent en poussière, et, sur les lits épars
Tes voiles oubliés sont témoins de nos joies...
Tes ongles ont meurtri ma chair, parmi les soies...

Implacables, ainsi que d'ingénus témoins,
Les choses sont, dans leur netteté qui m'accuse,
Le rappel froid et clair de cette nuit confuse...
Des parfums oubliés persistent dans les coins...
Les choses sont, parfois, d'implacables témoins...

La première lueur vacille sur les torches
Eteintes froidement dans la froideur du jour...
Je songe à ma jeunesse, à son vibrant amour,
Aux jasmins qui faisaient plus radieux les porches...

Comme un supplice antique et savant, inventé
Par un despote aux yeux creusés par le délire,
L'horreur de n'être plus ce qu'on fut me déchire
Et le soir envahit mon palais enchanté.

Je vois se rétrécir l'ombre des hyacinthes...
La fièvre me secoue en des frissons ardents
Voici l'aube parfaite... Et je claque des dents
Parmi les lys fanés et les torches éteintes...

VOICI CE QUE JE CHANTERAI...

Voici maintenant ce que je chanterai bellement
afin de plaire à mes maîtresses.

PSAPPHA.

VOICI CE QUE JE CHANTERAI...

Les suaves repos, les tendres accalmies
Vous seules me les donnâtes, ô mes amies !

Je suis reconnaissante et charmée en songeant
A vos longs corps pareils à des cierges d'argent.

Vous fûtes la bonté de mes heures mauvaises,
Le baume oriental qui trompe les malaises,

Et vous m'avez conduite en un verger païen
Où l'âme ne regrette et ne désire rien.

Vous fûtes la fraîcheur du soir sur mon visage
Et la volupté triste et la tristesse sage.

Par vous, jadis, ô mes maîtresses! je connus
La majesté des seins magnifiquement nus...

Vous fîtes rire en moi la jeunesse et la vie :
Vous m'avez consolée et vous m'avez ravie.

Au hasard des destins, vous fûtes tour à tour
La passion cruelle et le tremblant amour.

Je vous prends et je vous respire, mes aimées,
Ainsi qu'une guirlande aux fraîcheurs embaumées.

Vous avez su tourner vers vous tous mes désirs
Et vous avez rempli mes mains de souvenirs.

Je vous ai dit, à vous qui m'avez couronnée :
« Qu'importent les demains ?... Cette nuit m'est donnée...

« Eternelle douceur de la douceur qui fuit !
« Nul vent n'emportera l'odeur de cette nuit... »

Vous avez dénoué mes cheveux, ô maîtresses!
Et vous avez mêlé des roses à mes tresses,

Si bien que je n'ai plus sangloté de ne voir
A mon front ni léger pampre ni laurier noir.

La gloire m'a souri dans les aubes dorées
Puisque ma gloire est de vous avoir adorées.

Vous m'avez enseigné dans les jardins, sachant
Que je vous louerais mieux, l'amertume du chant.

Et d'une voix parfois troublée et parfois claire
O femmes, j'ai chanté dans l'espoir de vous plaire...

LES ROSES SONT ENTRÉES

LES ROSES SONT ENTRÉES

Ma brune aux yeux dorés, ton corps d'ivoire et d'ambre
A laissé des reflets lumineux dans la chambre
Au-dessus du jardin.

Le ciel clair de minuit, sous mes paupières closes,
Rayonne encor... Je suis ivre de tant de roses
Plus rouges que le vin.

Délaissant leur jardin, les roses m'ont suivie...
Je bois leur souffle bref, je respire leur vie,
Toutes, elles sont là.

C'est le miracle... Les étoiles sont entrées,
Hâtives, à travers les vitres éventrées
Dont l'or fondu coula.

Maintenant, parmi les roses et les étoiles
Te voici dans ma chambre, abandonnant tes voiles,
Et ta nudité luit.

Sur mes yeux s'est posé ton regard indicible...
Sans astres et sans fleurs, je rêve l'impossible
Dans le froid de la nuit.

PAROLES SOUPIRÉES

PAROLES SOUPIRÉES

Quelle tristesse après le plaisir, mon amie,
Quand le dernier baiser, plus triste qu'un sanglot,
S'échappe en frémissant de ta bouche blêmie
Et que, mélancolique et lente, sans un mot,
Tu t'éloignes à pas songeurs, ô mon amie !

Pareille à la douleur des adieux, dans le soir,
L'angoisse qui nous vient de la volupté lasse !
Pareille au vers qui ne sait plus nous émouvoir,
Pareille au noir cortège impérial, qui passe
Dans le funèbre éclat des cierges, vers le soir...

Et je te sens déçue et je me sens lointaine...
Nous demeurons avec les yeux de l'exilé,
Suivant, tandis qu'un fil d'or frêle nous enchaîne,
Du même regard las notre rêve envolé...
Autre déjà, tu me souris, déjà lointaine...

POUR TOUTES

POUR TOUTES

Très chère, sois plus femme encore, si tu veux
Me plaire davantage, et sois faible et sois tendre...
Mêle en pleurant des fleurs tristes dans tes cheveux
Et sache t'incliner au balcon, pour attendre...

Ce qu'il est de plus grave en un monde futile
C'est d'être belle et c'est de plaire aux yeux surpris,
D'être la cîme pure et l'oasis et l'île,
Et la musique étrange aux sons jamais appris...

Qu'un changeant univers se transforme en ta face,
Que ta robe s'allie à la couleur du jour,
Et choisis tes parfums avec un art sagace,
Toi qui sais qu'un parfum peut attirer l'amour.

Immobile au milieu des jours, sois attentive
Comme si tu suivais les méandres d'un chant,
Allonge ta paresse à l'ombre d'une rive,
Erre sous les cyprès à l'heure du couchant.

Ma très chère, sois la princesse des ruines
Et des cloîtres anciens où frissonne l'hiver,
Des temples murmurants aux ombres sibyllines...
Et souffre de la mort du soleil sur la mer.

Comme une dont on hait la race et qu'on exile
Sois faible et parle bas et marche avec lenteur,
Expire chaque soir avec le jour fébrile,
Agonise d'un bruit et meurs d'une senteur.

Etant ainsi ce que mon rêve t'aurait faite,
Reçois de mon amour cet hommage fervent,
O toi qui sais combien le monde est décevant
Aux curiosités fébriles d'un poète !

Car je retrouverai dans ton unique voix,
Dans le rayonnement de ton visage unique
Toute l'ancienne pompe et l'ancienne musique
Et le tragique amour des reines d'autrefois.

Et tes cheveux seront mon royal diadème,
Mes sirènes d'hier chanteront dans ta voix...
Tu seras tout ce que j'adorais autrefois...
Toi seule incarneras l'amour divers que j'aime.

LA LUNE S'EST NOYÉE...

LA LUNE S'EST NOYÉE...

Seule, je sais la mort de Madonna la lune,
De la lune aux cheveux si blonds et si légers,
Aux yeux si purs et dont les voiles ouvragés
Glissaient avec un si doux frisson dans la brune.

Hier soir, quand j'errais au loin, je l'aperçus...
Je l'aperçus penchée et pleurant, sous l'yeuse,
Ainsi qu'une fantasque et plaintive amoureuse
Se lamentant des chers baisers trop tôt déçus.

Comme pour un festin, elle s'était parée,
Elle s'était parée avec ses colliers d'or...
Un hibou, s'élevant dans un craintif essor,
La frôla doucement de son aile égarée...

La lune s'inclina, telle aux soirs de jadis,
Aux longs soirs de jadis tremblants sur l'eau dormante,
Elle mirait son front capricieux d'amante...
Et soudain, j'entendis un froissement d'iris...

J'écartai les roseaux frémissants et tenaces,
Tenaces à l'égal de frêles bras liés...
La lune reposait, avec ses beaux colliers...
Au loin, se répandait un thrène de voix basses...

La lune diffusait une faible splendeur,
Une splendeur mourante, au fond des herbes glauques...
Et voici que, soudain, ayant tu ses chants rauques,
Un crapaud se posa froidement sur son cœur.

Et je pleure la mort de la lune, ma Dame,
De ma Dame qui gît au fond des nénuphars...
Il n'est plus de clarté dans ses cheveux épars
Et ses yeux ont perdu l'azur vert de leur flamme...

Quel lit recueillera mon frileux désespoir,
Mon désespoir d'amant fidèle et de poète ?
Vous tous que le vain bruit de mes pleurs inquiète
La lune s'est noyée au fond de l'étang noir!...

ELLE DEMEURE EN SON PALAIS

ELLE DEMEURE EN SON PALAIS...

Elle demeure en son palais, près du Bosphore,
Où la lune s'étend comme en un lit nacré...
Sa bouche est interdite et son corps est sacré,
Et nul être, sauf moi, n'osa l'étreindre encore.

Des nègres cauteleux la servent à genoux...
Humbles, ils ont pourtant des regards de menace
Fugitifs à l'égal d'un éclair roux qui passe...
Leur sourire est très blanc, et leurs gestes sont doux...

Ils sont ainsi mauvais parce qu'ils sont eunuques,
Et que celle que j'aime a des yeux sans pareils,
Pleins d'abîmes, de mers, de déserts, de soleils,
Qui font vibrer d'amour les moelles et les nuques.

Leur colère est le cri haineux de la douleur...
Et moi, je les excuse en la sentant si belle,
Si loin d'eux à jamais, si près de moi... Pour elle,
Elle les voit souffrir en mordant une fleur.

J'entre dans le palais baigné par l'eau charmante,
Où l'ombre est calme, où le silence est infini,
Où, sur les tapis frais plus qu'un herbage uni,
Glissent avec lenteur les pas de mon amante.

Ma Sultane aux yeux noirs m'attend, comme autrefois...
Des jasmins enlaceurs voilent les jalousies...
J'admire, en l'admirant, ses parures choisies
Et mon âme s'accroche aux bagues de ses doigts.

Nos caresses ont de cruels enthousiasmes
Et des effrois et des rires de désespoir...
Plus tard, une douceur tombe, semblable au soir,
Et ce sont des baisers de sœur, après les spasmes.

Elle redresse un pli de sa robe, en riant...
Et j'évoque son corps mûri par la lumière
Auprès du mien, dans quelque inégal cimetière,
Sous l'ombre sans terreur des cyprès d'orient.

JE CACHERAI MA FLUTE...

JE CACHERAI MA FLUTE...

POUR COLETTE.

JE m'écoute, avec des frissons ardents,
Moi, le petit faune au regard farouche...
L'âme des forêts vit entre mes dents
Et le dieu du rythme habite ma bouche.

Dans ce bois, loin des ægipans rôdeurs,
Mon cœur est plus doux qu'une rose ouverte ;
Les rayons, chargés d'heureuses odeurs,
Dansent au son frais de ma flûte verte.

Mêlez vos cheveux et joignez vos bras
Tandis qu'à vos pieds le bélier s'ébroue,
Nymphes des halliers! — ne m'approchez pas!
Allez rire ailleurs pendant que je joue.

Car j'ai la pudeur de mon art sacré,
Et pour honorer la Muse hautaine,
Je chercherai l'ombre et je cacherai
Mes pipeaux vibrants dans le creux d'un chêne...

Parmi la tiédeur, parmi les parfums,
Je jouerai le long du jour, jusqu'à l'heure
Des chœurs turbulents et des jeux communs
Et des seins offerts que la brise effleure...

Je tairai mon chant pieux et loyal
Aux amants de vin, aux chercheurs de proie...
Seul le vent du soir apprendra mon mal
Et les arbres seuls connaîtront ma joie.

Je défends ainsi mes instants meilleurs...
Vous qui m'épiez de vos yeux de chèvres,
O mes compagnons ! allez rire ailleurs
Pendant que le chant fleurit sur mes lèvres.

Sinon, — je suis faune après tout, si beau
Que soit mon hymne, — et, bouc qui se rebiffe,
Je me vengerai d'un coup de sabot
Et d'un coup de corne et d'un coup de griffe.

CARAVANES

CARAVANES

C'EST le soir... On entend passer des caravanes...
Rythmiques, les chameaux allongent leurs pas lourds,
La clochette à leur cou jette des refrains sourds...
Smyrne dort, du sommeil repu des courtisanes.

Dans un jardin créé par les mains de la nuit
De fabuleux jasmins déroulent leurs lianes,
Et mes rêves s'en vont, comme des caravanes,
Vers le désert charmant où mon cœur les conduit...

Mes songes, défilant en lentes caravanes,
Et portant leurs fardeaux de désirs et d'espoirs,
S'en vont, au bruit lointain des cloches, dans les soirs,
Vers la Maîtresse brune aux poignets diaphanes.

Orientalement immuable, elle attend,
Sultane triste, avec les yeux noirs des sultanes,
Et peut-être, entendant passer mes caravanes,
Ses yeux les suivront-ils dans leur marche, un instant...

Les sources, les palmiers, les dattes, les bananes
Lui font un grand décor clouté de tamaris.
Elle seule règne en l'incroyable oasis
Que cherche vainement la soif des caravanes.

Interdite aux regards, à leurs ferveurs profanes,
Beauté captive aux longs loisirs pleins de regret,
Ma Maîtresse repose en un palais sacré
Où mes rêves s'en vont, comme des caravanes...

LES ÊTRES DE LA NUIT

LES ÊTRES DE LA NUIT

Les êtres de la nuit et les êtres du jour
Ont longtemps partagé mon âme, tour à tour...
Les êtres de la nuit m'ont fait craindre le jour...

Car les êtres du jour sont triomphants et libres
Nulle secrète horreur ne fait vibrer leurs fibres,
Ils ont le pas marqué de ceux qui naissent libres.

Les êtres de la nuit sont lents, passifs et doux,
Leur âme est comme un fleuve obscur et sans remous,
Leurs gestes sont furtifs et leurs rires sont doux.

Et les êtres du jour ont des prunelles claires,
De ce bleu que voient seuls les aigles dans leurs aires...
Les êtres du jour ont des prunelles très claires.

Ce sont des bâtisseurs, des héros et des rois,
Des princesses du Nord au fond des palais froids.
Ils ont le large front des héros et des rois.

Les êtres de la nuit sont craintifs, — mais dans l'ombre
Un phosphore inconnu luit en leur regard sombre :
Les êtres de la nuit sont ranimés par l'ombre.

Les êtres de la nuit sont faibles et charmants :
Ils trompent, — et ce sont de fugitifs amants,
Des maîtresses aux cœurs perfides et charmants.

Le souffle d'un baiser cruel emplit leur bouche,
Et leur pas se dérobe ainsi qu'un vol farouche.
On ne boit qu'un baiser décevant sur leur bouche.

Il faut craindre la voix des êtres de la nuit
Car leur corps souple glisse entre les bras et fuit
Et leur amour n'est qu'un mensonge de la nuit...

FÊTE D'AUTOMNE

FÊTE D'AUTOMNE

L'espoir de vivre ailleurs des jours clairs m'abandonne
Et je célèbre ici la fête de l'automne.

Au-dessus de ma porte, avec un regret doux
Et chantant, je suspends les guirlandes d'or roux

Qu'une femme au regard que nulle mort n'étonne
A cueillis, en pleurant sur la mort de l'automne...

Ma maîtresse d'hier. nous ne fûmes jamais
Un couple harmonieux... Autrefois, je t'aimais...

Je goûte en ce baiser que ta bouche me donne
L'odeur de l'herbe humide et des feuilles d'automne,

L'odeur lourde des lourds raisins, et cette odeur
De pavots morts que jette au loin le vent rôdeur...

Seule dans mon jardin fané je me couronne
De feuillages et de violettes d'automne...

TABLE

TABLE

ACHEVÉ D'IMPRIMER
LE 6 JUILLET 1907
par
A. LEMERCIER
IMPRIMEUR A NIORT
pour
E. SANSOT & Cie
ÉDITEURS A PARIS

www.ingramcontent.com/pod-product-compliance
Ingram Content Group UK Ltd.
Pitfield, Milton Keynes, MK11 3LW, UK
UKHW031957260826
14628UKWH00005B/2127

9 782019 709112